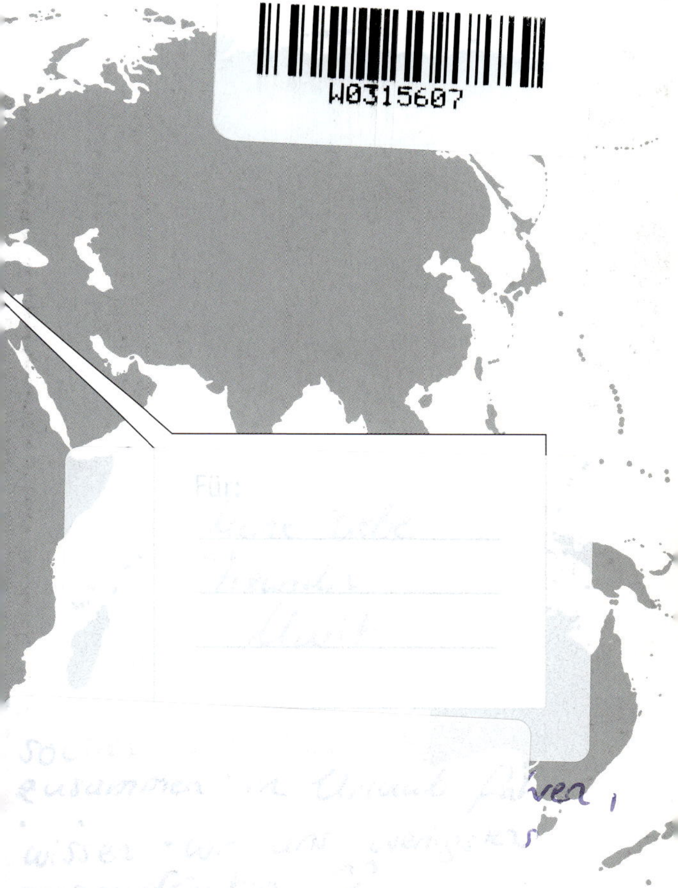

Für:

Postfach 30407 · 26024 Oldenburg
www.lappan.de · info@lappan.de

Nach einer Idee von Uli Stein

Druck und Bindung: Zanardi Group, Padova
Printed in Italy

ISBN 978-3-8303-6167-1

# LAPPANS SPRACHFÜHRER

## für alleinreisende Frauen

# NEIN!

## in 243 Sprachen

LAPPAN

**Liebe Frauen,**
dieses Buch ist Ihnen geschenkt worden, um Ihnen als idealer Begleiter auf Ihren Reisen zu dienen. Deshalb sind ein paar Hinweise zum richtigen Gebrauch angebracht: Sie können sich nicht hinter diesem Buch verstecken und so tun, als ob Sie nicht da wären! Auch als Schutzschild ist es definitiv zu klein. Allenfalls können Sie das Buch verwenden, um sich mittels gezielter Schläge gegen allzu aufdringliche Finger zur Wehr zu setzen. Aber Sie wollen sich ja nicht durch körperlichen Einsatz verständlich machen (wobei gegen ein einfaches Hin-und-her-Bewegen des Kopfes nichts einzuwenden wäre*), sondern sich verbal äußern ...
Mehr noch als bei den bekannten zweisprachigen Wörterbüchern gilt für diesen Sprachführer: Üben, üben, üben! Am besten gleich bei der Ankunft in einem fremdsprachigen Land: Auf die Aufforderung „Passport!" reagieren Sie mit Ihrem ersten „Nein!" in der Landessprache. Guckt Sie der Grenzbeamte völlig entgeistert an und wiederholt Ihr „Nein!", können Sie sicher sein, das Wort richtig ausgesprochen zu haben. Sollte er Sie dagegen anstrahlen und Ihnen weiterhin die auf Ihren Pass wartende Hand entgegenstrecken, versuchen Sie es noch einmal mit einer etwas anderen Aussprache oder Betonung – so lange, bis es klappt! Jetzt können Sie sicher sein, den in diesem Land gebräuchlichen Tonfall zu treffen und Ihr „Nein!" an den Mann zu bringen – falls man Sie einreisen lässt.

* Vorsicht! Nicht überall bedeutet Nicken „ja" und Kopfschütteln „nein". In Rumänien beispielsweise ist es umgekehrt ...

Sollte es nicht zur Einreise kommen, ist das nicht weiter schlimm, denn mit den in diesem Wörterbuch versammelten 243 Sprachen haben wir vorausschauend auch das Nachbarland mit abgedeckt ...
Wenn Sie das Nein-Sagen lieber schon vor Antritt der Reise statt erst bei der Einreise üben wollen, werden Sie es etwas schwerer haben, weil Sie die nachstehenden Erklärungen verstehen müssen. Ich habe sie nicht verstanden. Aber das liegt nur daran, dass ich erstens ein Mann und damit zweitens mehr am demnächst erscheinenden Reiseführer für alleinreisende Männer interessiert bin. Der übersetzt mir dann 243 Mal die naheliegende Frage: „Warum nicht?“

Der Herausgeber

**Bevor Sie weiterblättern:**
Die 243 Nein auf den nachfolgenden Seiten sind nicht alle in den Schriftzeichen der jeweiligen Landessprache geschrieben – sonst könnten Sie vermutlich die meisten nicht lesen! Wir haben für die Übersetzungen die deutsche Umschrift verwendet: Versuchen Sie, die Nein-Wörter so auszusprechen, wie sie geschrieben stehen. Bei der Betonung helfen die umseitig erklärten Betonungszeichen.

**Verwendete diakritische Zeichen und ihre Bedeutung:**

[´] *Akut* oder *Accent aigu:* Betonungs-/Dehnungszeichen [siehe Übersetzung 12. Kúa/kúi oder 20. daabí] oder hohes „E" wie in „Schnee" [32. Té] oder Angabe der Tonhöhe (bei asiatischen Sprachen hoch bzw. steigend)

[`] *Gravis* oder *Accent grave:* Betonungs-/Dehnungszeichen [181. Nò] oder niederes „E" wie in „Bett" [40. béè] oder Angabe der Tonhöhe (bei asiatischen Sprachen tief bzw. fallend)

['] Glottisschlag/Hauptbetonung: Vokalanlaut/vokalisch anlautende Silbe [56. 'Aa]. Die Betonung liegt auf der auf das Zeichen folgenden Silbe, in einigen Fällen auf der dem Zeichen vorangehenden Endsilbe [9. Lala'].

[-] Der Bindestrich wird als Trennstrich eingesetzt, d. h. die Silben werden einzeln gesprochen wie im Deutschen Post-amt (nicht Po-stamt) [89. I-ie].

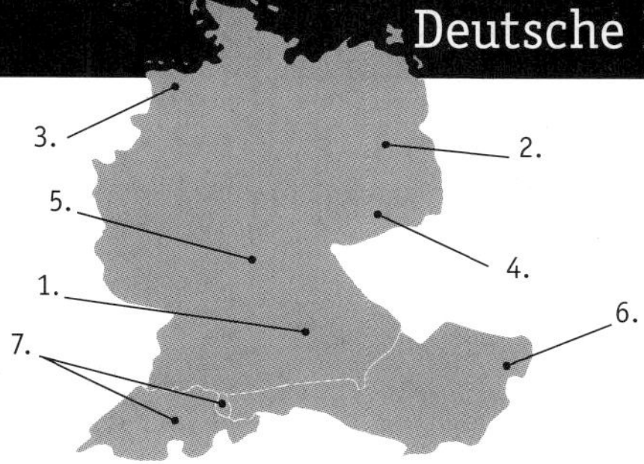


## 1. Bayern

# Na

Bayerisch

## 2. Berlin

# Nee

Berlinerisch

## 3. Ostfriesland (Niedersachsen)

# Nee

Ostfriesisch

## 4. Sachsen

# Nee

Sächsisch

## 5. Südhessen

# Naa

Südhessisch

## 6. Österreich (Wien)

# Naa

Wienerisch

## 7. Schweiz, Liechtenstein

# Nei

Schweizerisch/Liechtensteiner Dialekt

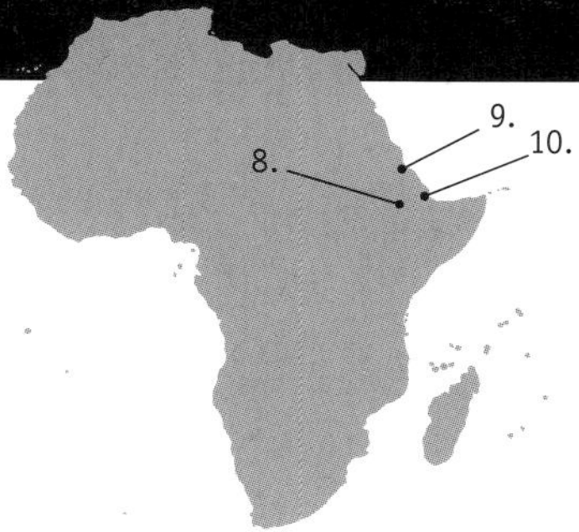


## 8. Äthiopien

# Ay

Amharisch

## 9. Äthiopien (Eritrea)

# La' oder Lala' (betont)

Tigrinnisch = Amtssprache im äthiopischen Regionalstaat Tigray

## 10. Äthiopien, Eritrea, Djibuti

# Maley

Afar

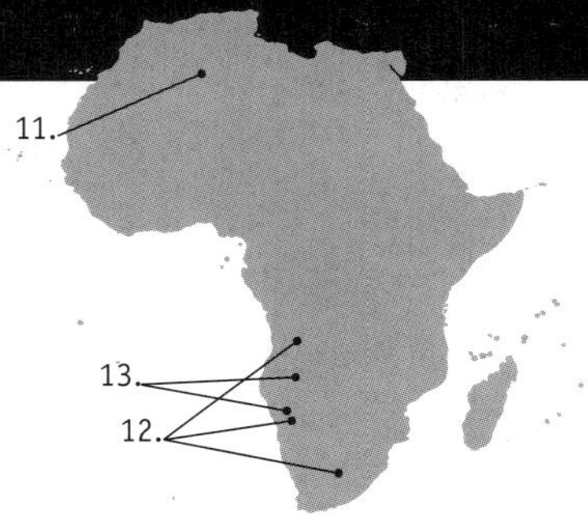


## 11. Algerien

# Ak

Kabyle

## 12. Angola, Namibia, Südafrika

# Kúa oder Kúi

Kung-Ekoka

## 13. Angola (Süden), Namibia

# Aaye oder Ahawe oder Ahowe

Kwanyama

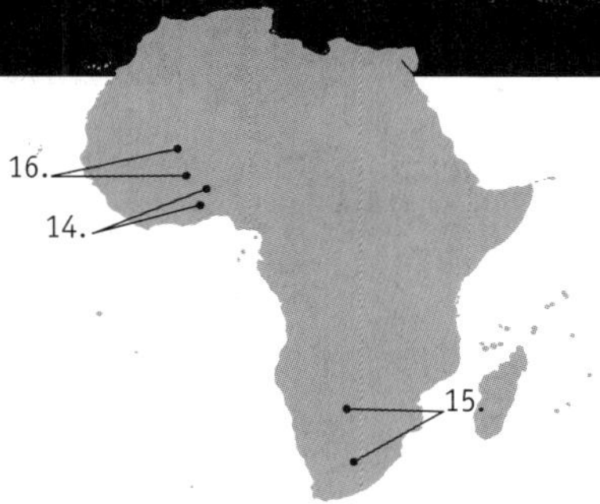


## 14. Benin, Togo

# Eo

Fon

## 15. Botswana, Südafrika

# Nyaa

Setswana, Tswana

## 16. Burkina Faso, Mali

# Ao

Boboda, Bobo Madaré

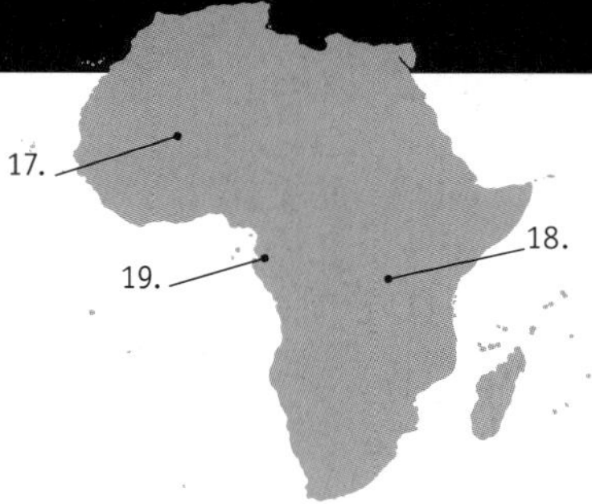


## 17. Burkina Faso

# Ajo oder Ajej

Koromfe

## 18. Burundi

# Oya

Kirundi, Rundi

## 19. Gabun

# Koko

Fang

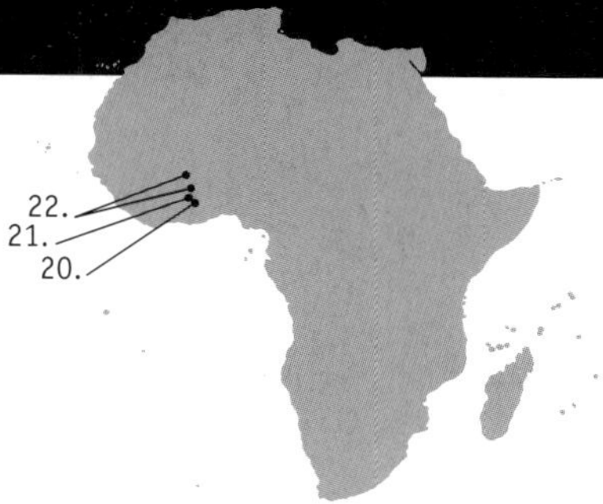


20. Ghana

# Daabí

Asante

21. Ghana (Nordwesten, Wa)

# Aye

Wali, auch Waali, Wala, Ala, Ouala

22. Ghana, Burkina Faso

# Ai

Dagaare

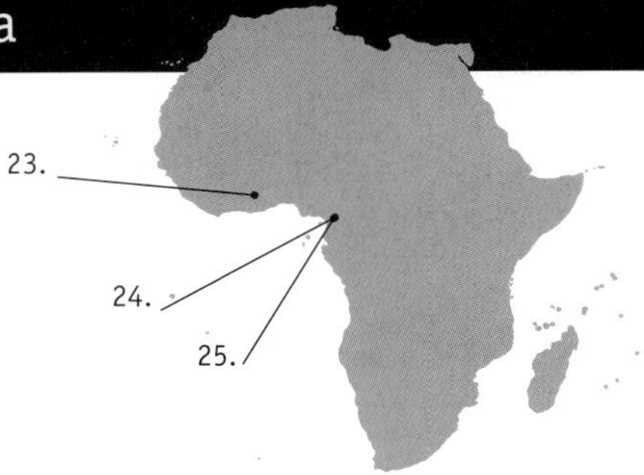


23. Ghana („Central Region“)

# Aaha

Fante

24. Kamerun

# Momo

Bulu

25. Kamerun

# Koa

Ewondo

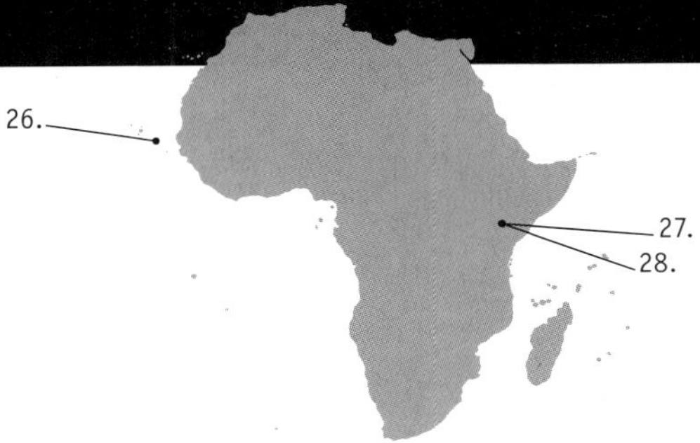


26. Kapverden

# Nau

Kapverdisch

27. Kenia

# Aca oder Tiguo

Kikuyu

28. Kenia

# Acha

Kipsigis

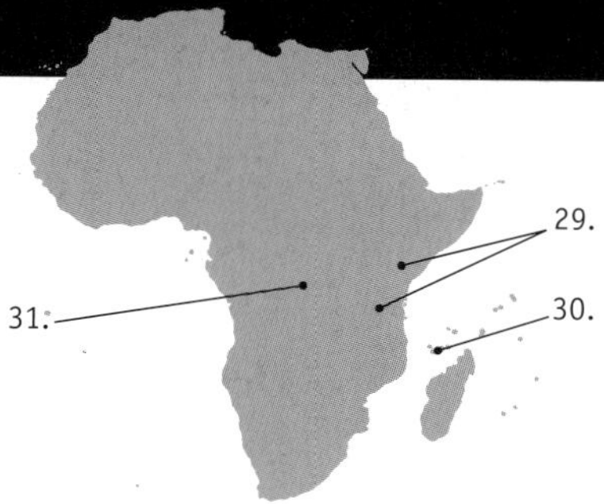


29. Kenia, Tansania

# Mme

Massai

30. Komoren

# La

Komorisch

31. Kongo (Kinshasa)

# Yo

Kisanga

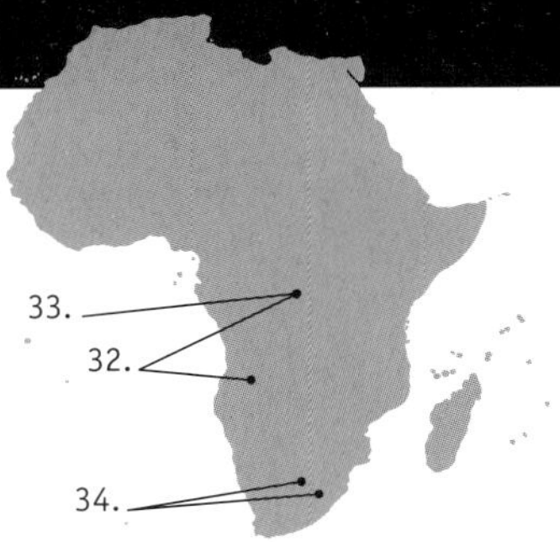


## 32. Kongo, Angola

# Té

Lingala

## 33. Kongo

# Vê*

Kikongo

## 34. Lesotho, Südafrika

# Tjhe oder Tjhee oder Aikona

Süd-Sotho, Sesotho

* ê gesprochen wie ä in „gähnen"

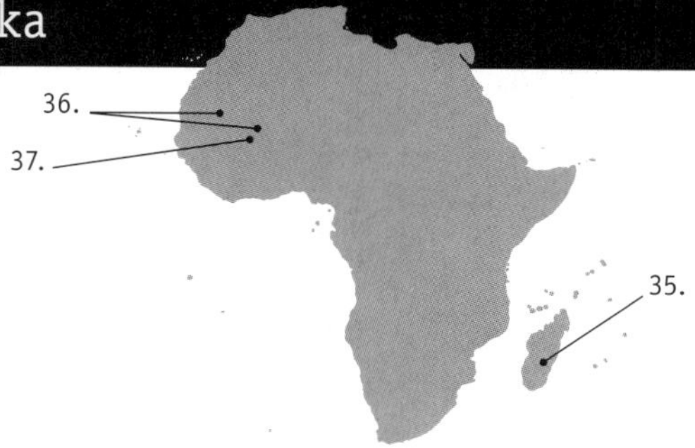


## 35. Madagaskar

# **Tsia** oder **An,an***

Madagassisch

## 36. Mali, Mauretanien

# **Ayi**

Soninke

## 37. Mali

# **Ayi**

Bambara

* , = Nebenbetonung auf der zweiten Silbe wie im Deutschen *Wasser,pfeife*

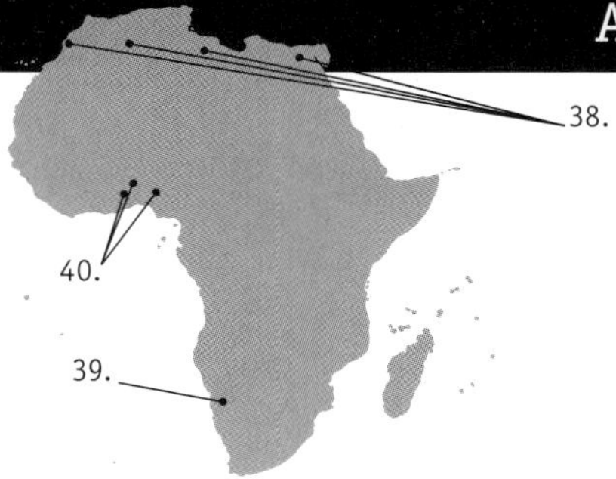


38. Mittlerer Osten, Nordafrika

**Laa** oder **Lay** oder **La**

Arabisch

39. Namibia

**Aaye**

Oshivambo

40. Nigeria (Südwest), Benin, Togo

**Béè kó** oder **Oti** oder **Rara**

Yoruba

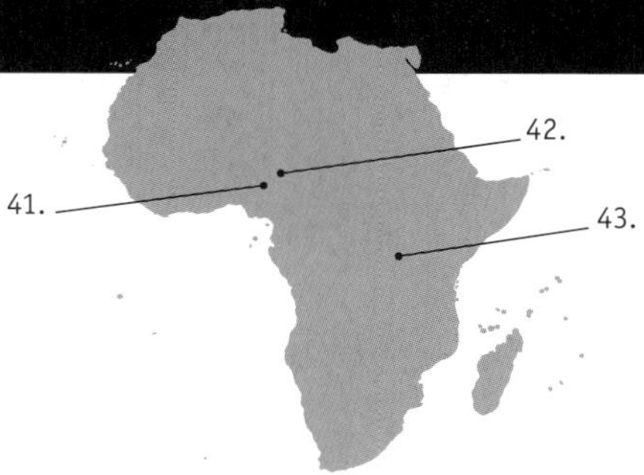


## 41. Nigeria

# No

nigerianisches Pidgin

## 42. Nigeria (Nordosten)

Kamerun (Tschadsee-Region), Ost-Niger, West-Tschad

# A a

Kanuri

## 43. Ruanda

# Oya

Kinyarwanda

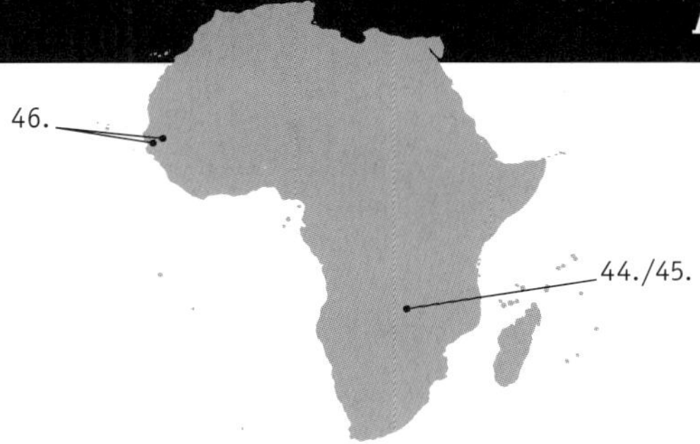


## 44. Sambia

# Inehi

Lunda

## 45. Sambia

# Kagute

Luvale

## 46. Senegal, Gambia

# Hani

Mandinka

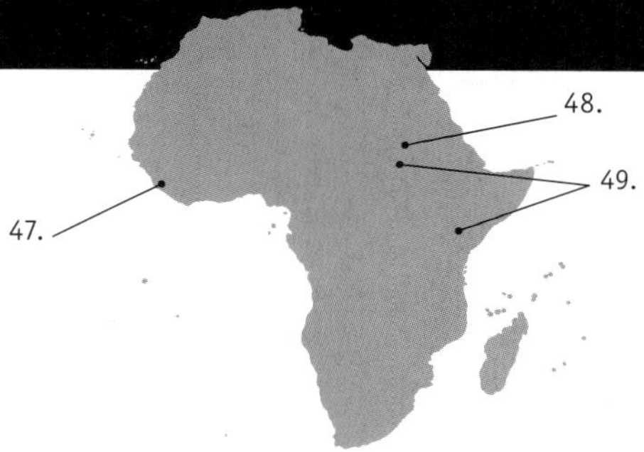


## 47. Sierra Leone

# A-a

Mende

## 48. Sudan

# Aliu

Dinka

## 49. Sudan, Kenia

# Ooyo

Luo

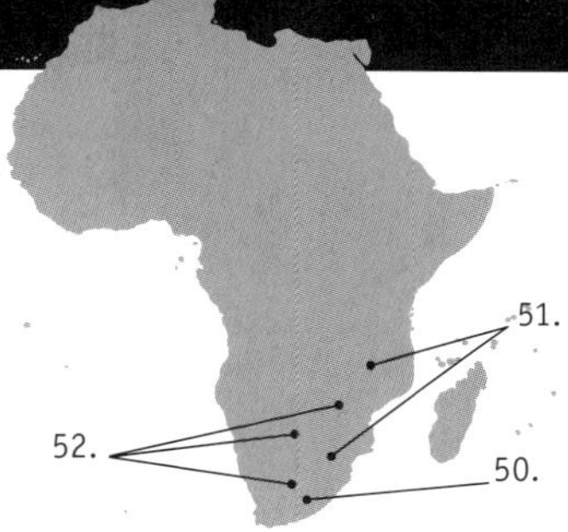


## 50. Südafrika

# Nee

Afrikaans

## 51. Südafrika, Malawi

# Iyayi oder Iyaye

Chichewa

## 52. Südafrika, Simbabwe, Botsuana

# Hayi

isiNdebele

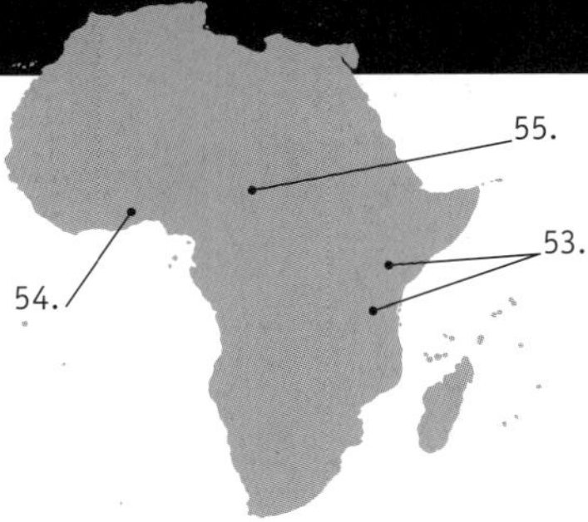


53. Tansania, Kenia (Ostafrika)

# Hapana

Swahili

54. Togo

# Ao

Mina

55. Tschad (Süden)

# Waà

Sara-Ngambay

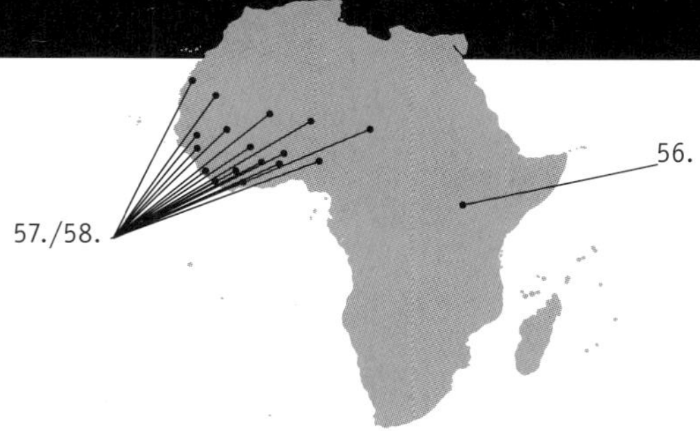


56. Uganda

# Nedda oder 'Aa oder 'Aaà

Ganda, Luganda

57. Westafrika

# Ala

Fulani, Pular

58. Westafrika

# Babu oder A'a

Haussa

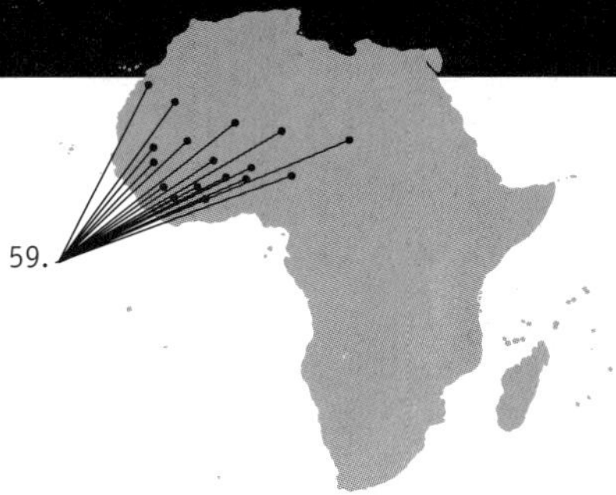


59. Westafrika

# Deedeet

Wolof

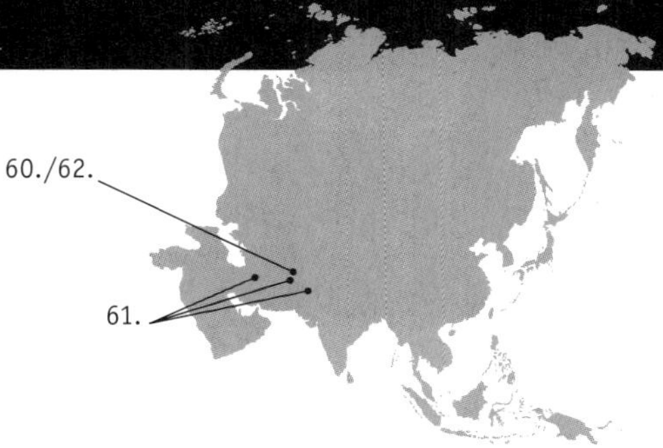


## 60. Afghanistan

# Ma

Aschkuni

## 61. Afghanistan, Pakistan, Iran

# All

Brahui

## 62. Afghanistan

# Na

Afghanisch, Paschto/-u; Amtssprache neben Dari

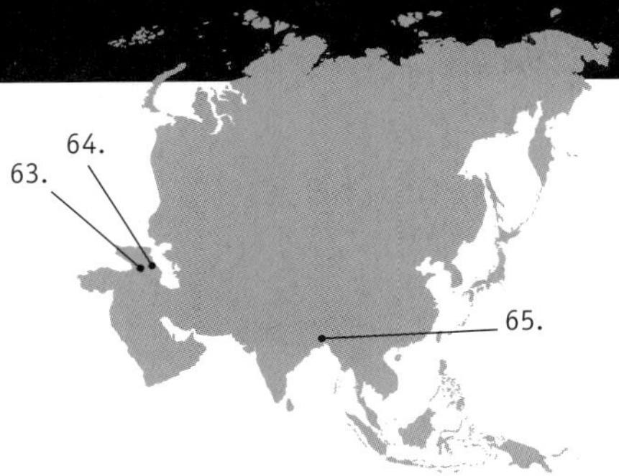


63. Armenien (Russland, Mittlerer Osten)

**Voch** oder **Che** (umgangssprachl.)

Armenisch

64. Aserbaidschan

**Xeyr**

Aserbaidschanisch

65. Bangladesch

**Na**

Bengalisch

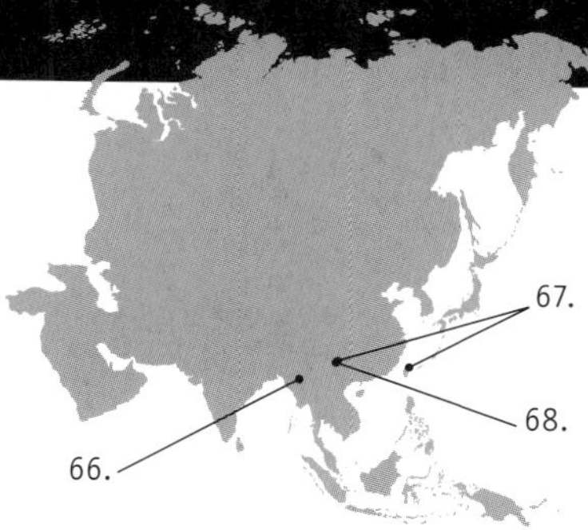


## 66. Birma (Myanmar)

# Mwe é

Karen

## 67. China (Süden, Taiwan)

# Mo

Hakka

## 68. China (Süden)

Provinzen Guangxi, Wuzhou, Großteile von Guangdong – ehemals Kanton), HongKong

# Mhai

Kantonesisch

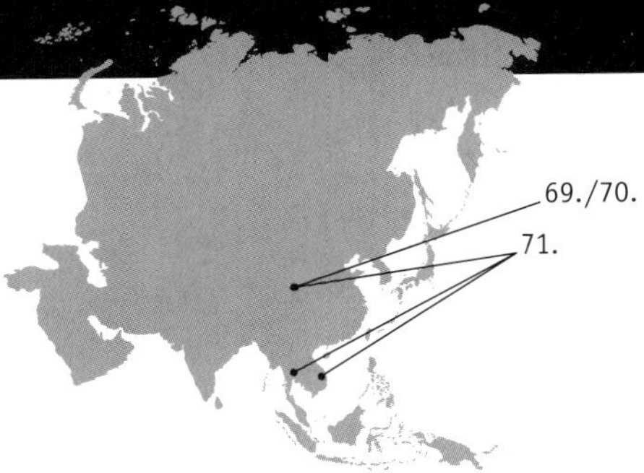


## 69. China

# Waka

Manchu

## 70. China

# Bù shì

Mandarin, Hochchinesisch – weltweit meistgesprochene Sprache

## 71. China, Thailand, Vietnam

# Ham

Mang

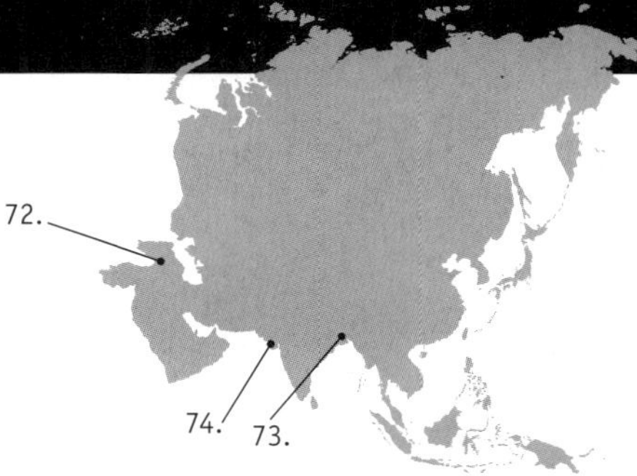


## 72. Georgien

# Ara

Georgisch, Kartulisch

## 73. Indien, Bangladesch

# Na

Bengalisch

## 74. Indien (Gujarat)

# Nahiin oder Naa oder Ma

Gujaratisch

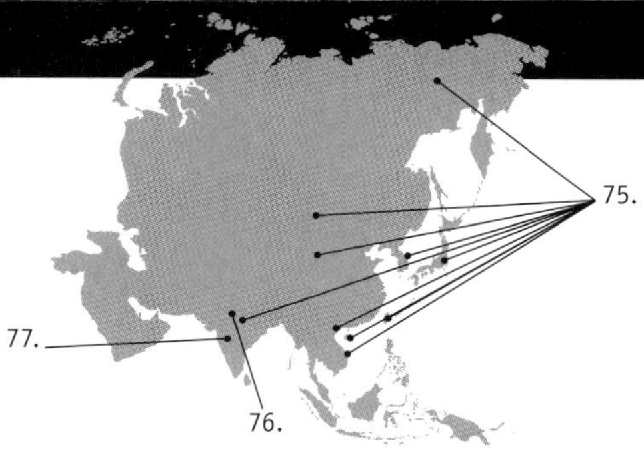


## 75. Indien, Ostasien

# Nahin

Hindi

## 76. Indien

# Na

Hindustani

## 77. Indien (Bundesstaat Maharashtra)

# Nahi

Marathisch; eine der 23 offiziell anerkannten Sprachen Indiens, gehört zur Gruppe der 20 meistgesprochenen Sprachen der Welt

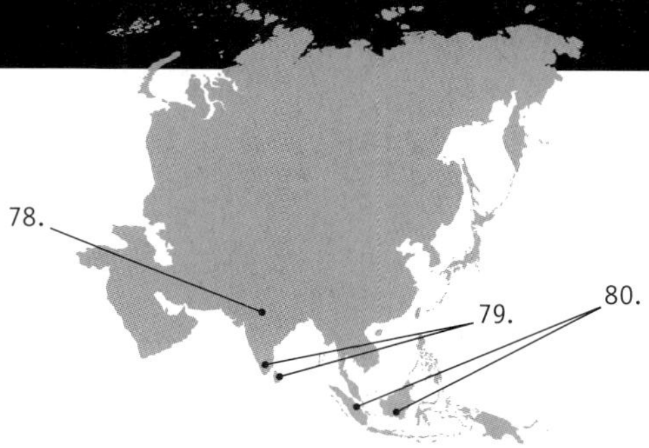


## 78. Indien

# Nahi

Punjabi; eine von 23 Verfassungssprachen und Amtssprache im Bundesstaat Punjab

## 79. Indien

(Bundesstaat Tamil Nadu, Sri Lanka)

# Illai oder Venda

Tamilisch

## 80. Indonesien, Sumatra

# Tidak

Bahasa Indonesia, Indonesisch

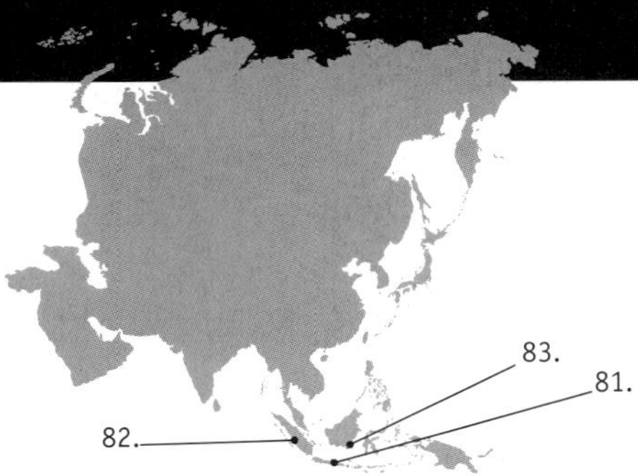


## 81. Indonesien

# **Ora**

Javanisch

## 82. Indonesien (West-Sumatra)

# **Indak**

Minangkabauisch

## 83. Indonesien

# **Heunteu** oder **Sanes**

Sundanesisch, Basa Sunda

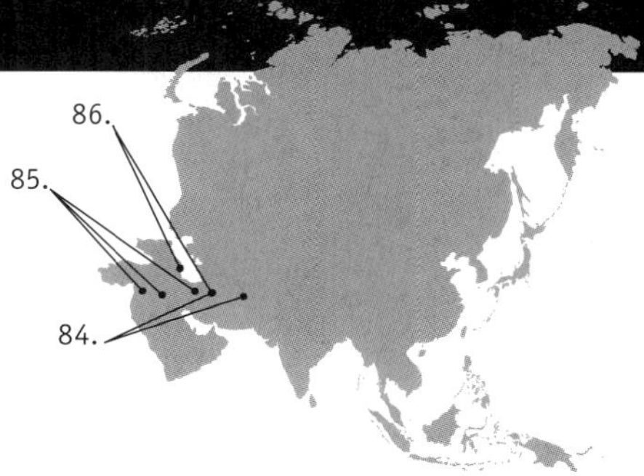


## 84. Iran, Afghanistan

# Nah

Farsi, Persisch

## 85. Iran, Irak, Syrien

# La

Assyrisch

## 86. Iran (Aserbaidschan)

# Yox

Aserbaidschanisch

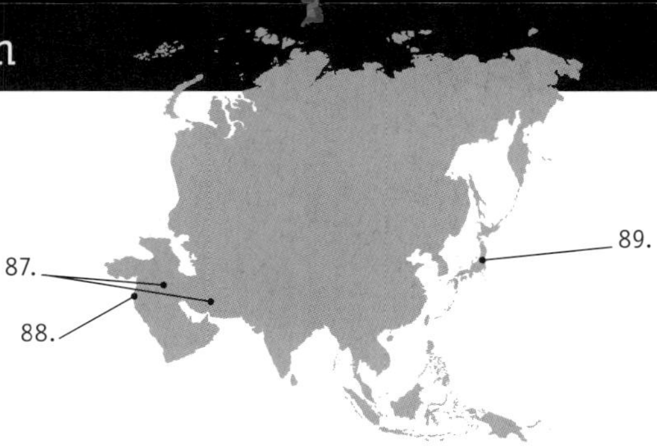


## 87. Iran, Irak

**Na** oder **Ne** oder **Neu** oder **No**

Kurdisch, Kurmanji

## 88. Israel

**Lo**

Hebräisch

## 89. Japan

**I-ie**

Japanisch

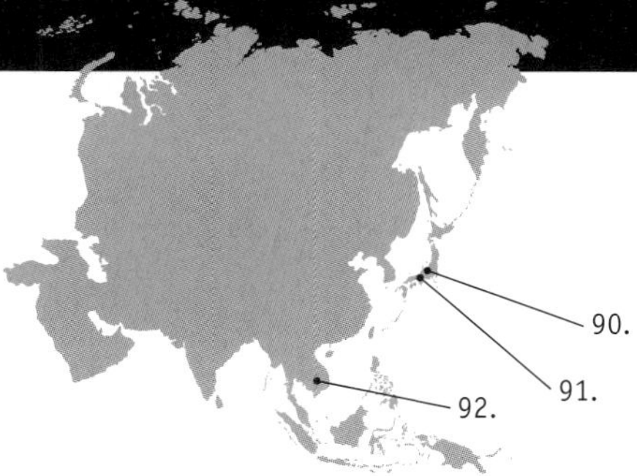


## 90. Japan

# Nne

Kumamoto

## 91. Japan (Kyoto)

# Iya

Kyo Kotoba

## 92. Kambodscha

# Te oder Ot te

Khmer

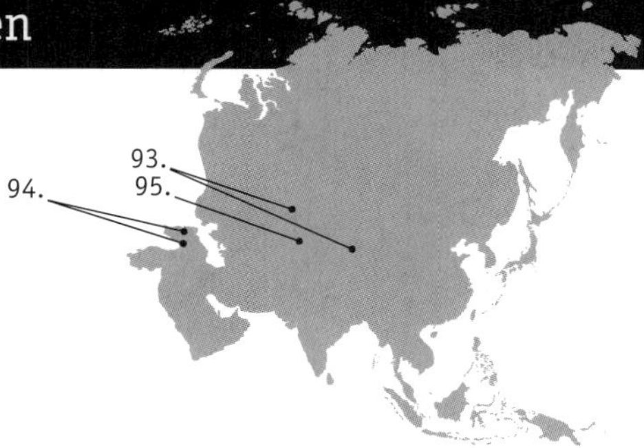


93. Kasachstan, China

# Zhoq

Kasachisch

94. Kaukasus (Georgien, Südrussland)

# Nö oder Nä oder Noun

Ossetisch

95. Kirgisien

# Dshok

Kirgisisch

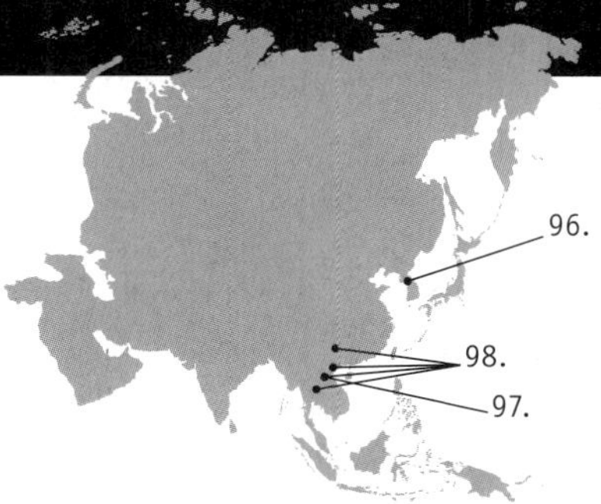


96. Korea

# A-ni-yo

Koreanisch

97. Laos

(nördlich und südlich des Mekong, Thailand)

# Bo

Laotisch

98. Laos, Thailand, Südchina, Nordvietnam

# Tsis

Hmong, Miao

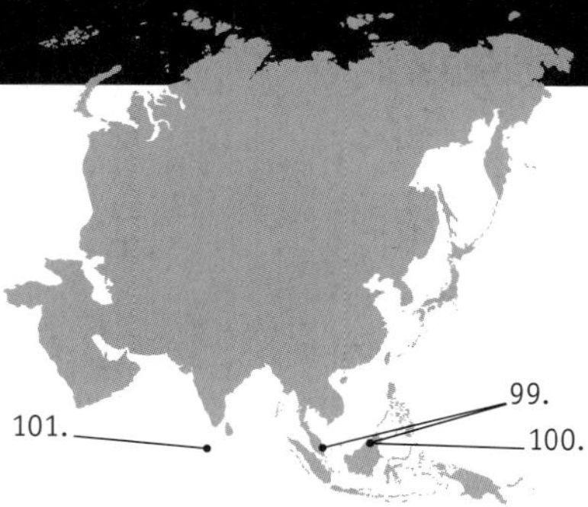


## 99. Malaysia, Brunei

# Tidak oder Bukan

(für Tätigkeiten und Eigenschaften/bei Nomen)

Malaiisch

## 100. Malaysia (Sabah)

# A'ou

Dusunisch, Kadazanisch

## 101. Malediven

# Noon

Dhivehi

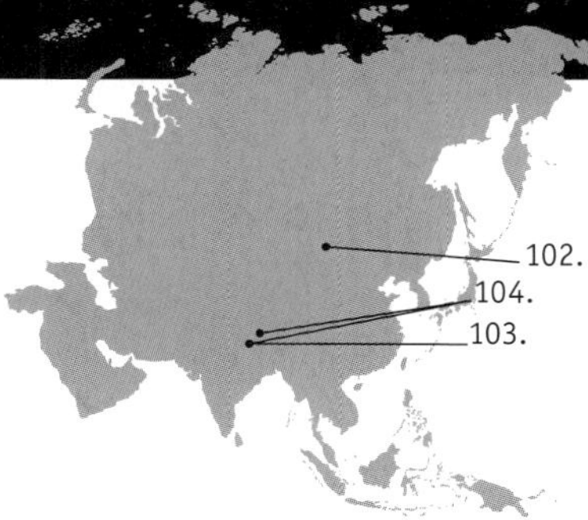


## 102. Mongolei

# Ügüi

Mongolisch

## 103. Nepal

# Ahaa oder Hoina oder Chaina (Definition oder Ort)

Nepali

## 104. Nepal, Tibet

# Me sheki

Sherpa, Solu

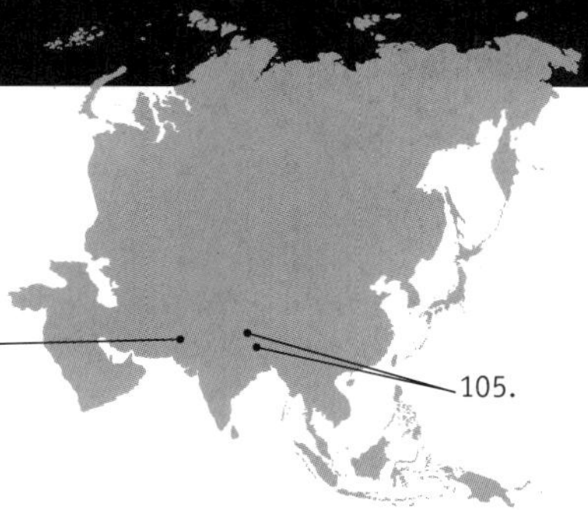


105. Nepal (östl. Regionen), Tibet

# Ahha oder Mecheye

Sherpa

106. Pakistan

# Enna

Balochi

107. Pakistan

# Ne-keh oder Ma

Kaschmirisch

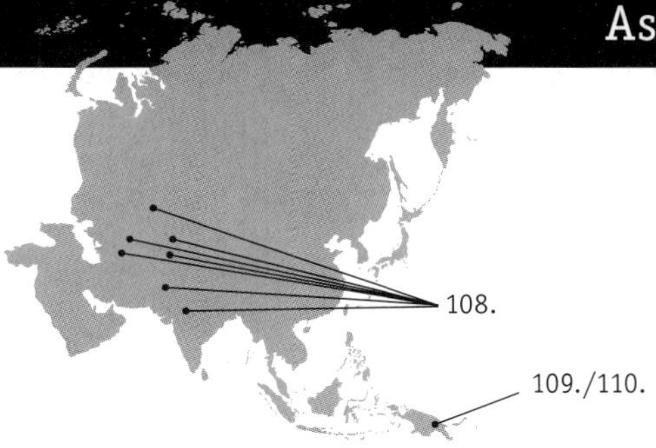


## 108. Pakistan, Indien, Zentralasien

# Nahin

Urdu

## 109. Papua-Neuguinea (Trobriand)

# Gala

Trobes Tokples

## 110. Papua-Neuguinea

# Nogat

Tok Pisin = Pidginsprache

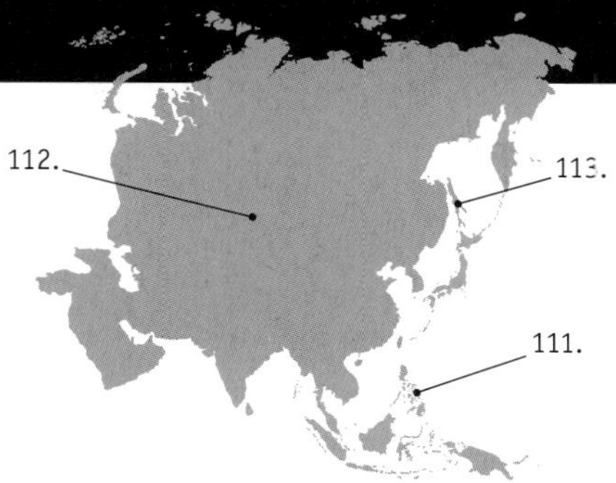


## 111. Philippinen

# Hindi oder Hindi po

(gleichaltrig oder jünger bzw. älter)

Filipino, Tagalog

## 112. Russland (Altai)

# Jok

Altaisch

## 113. Russland

# Aachin

Evenkisch

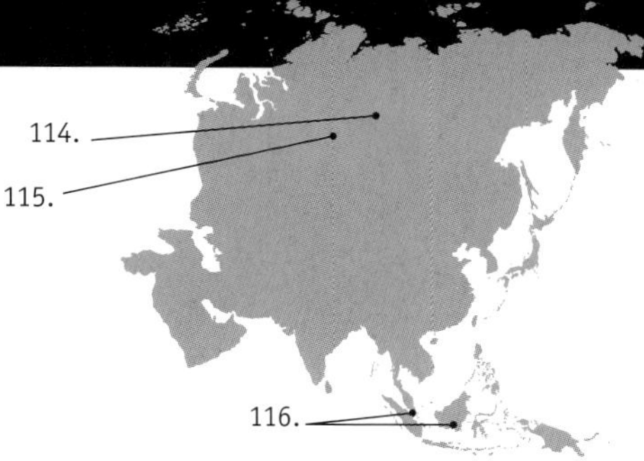


## 114. Russland

# Nyet

Russisch*

## 115. Russland

# Yuk

Tatarisch

## 116. Singapur, Indonesien

# Mmsi

Hokkienisch

* Russisch wird natürlich auch im europäischen Teil des Landes gesprochen, wird jedoch unter „Europa" nicht nochmals aufgeführt.

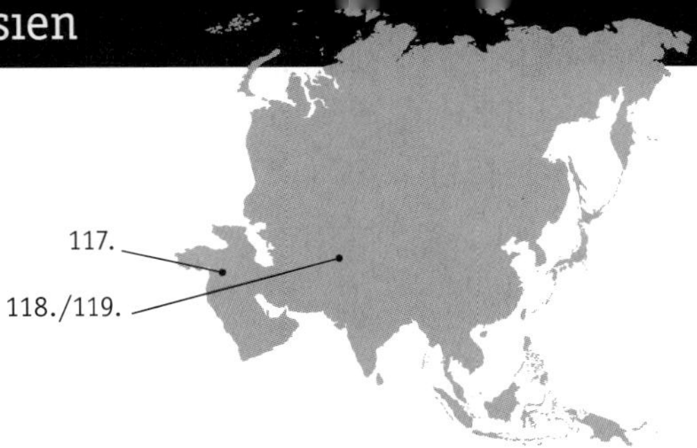


## 117. Syrien

# La

Syrisch

## 118. Tadschikistan

# Ne

Tadschikisch

## 119. Tadschikistan

# Ne

Farsi

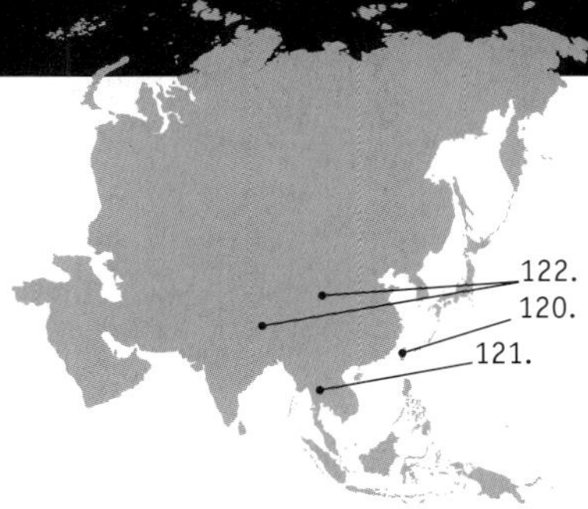


## 120. Taiwan

# M si an ne oder Msi oder Bo oder M tioh

Hokkienisch

## 121. Thailand

# mái chái kráb, mái chái ká

Thai

## 122. Tibet, China

# Yo oder Marey oder Meyin

Tibetisch

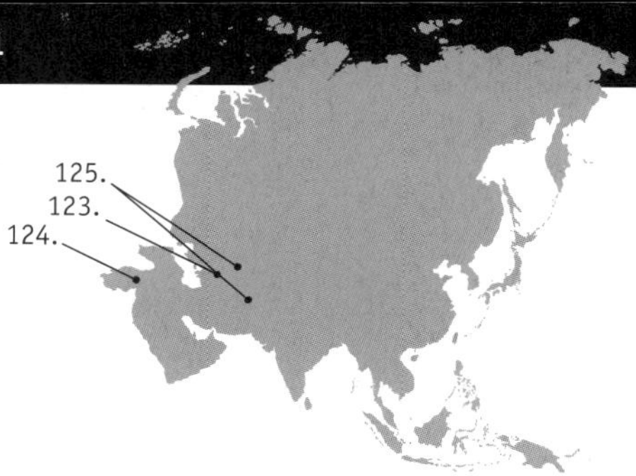


## 123. Turkmenistan

# Yok

Turkmenisch

## 124. Türkei, Nordzypern

(Türkei östlich des Bosporus)*

# Hayir

Türkisch

## 125. Usbekistan, Afghanistan

# Yuk oder Yöq

Usbekisch

* Findet sich unter Europa als „westlich des ..." wieder, da die Türkei sowohl zu Europa als auch zu Asien gehört (Trennlinie ist der Bosporus)

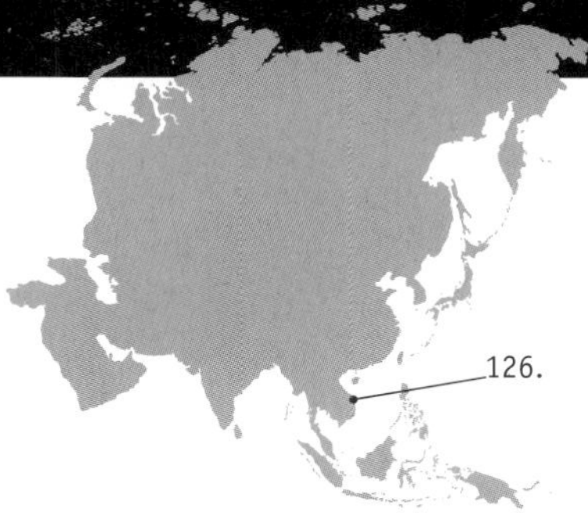


## 126. Vietnam

# Không oder Thua không*

Vietnamesisch

* ^ = Ton hoch (oder mittel) und eben

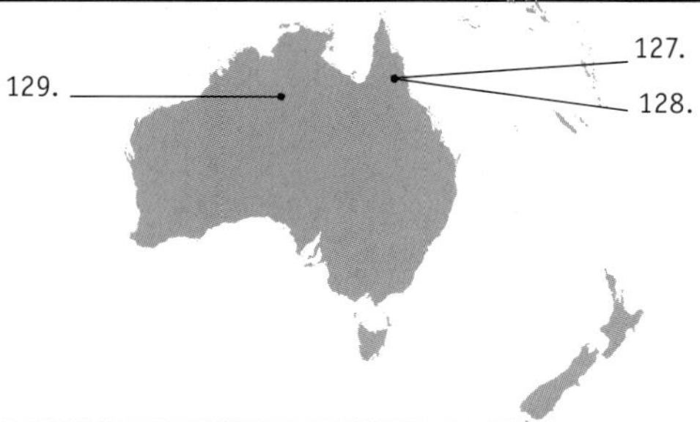


## 127. Australien (Queensland)

# Yimba

Dyirbal

## 128. Australien (Queensland)

# Maya

Giramay

## 129. Australien (Nord)

# Nomo

Kreol

130. Australien (zentrales Arnhemland)

# Koma

Ndjebbana

131. Australien (südwestlichster Zipfel)

# Juat

Nyungar

132. Australien (zentral)

# Wiya

Pitjantjatjara

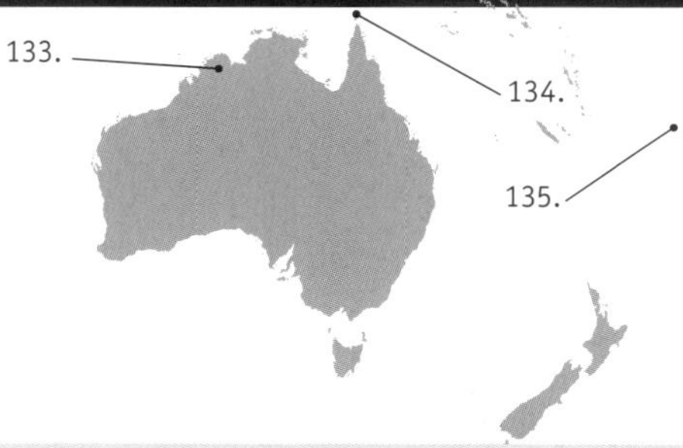


## 133. Australien

(Nordosten von Arnhemland)

# Yaka

Yolngu Matha

## 134. Australien

(Torres-Strait-Inseln – Queensland)

# No

Torres Kreole

## 135. Cookinseln

# Kare

Maori

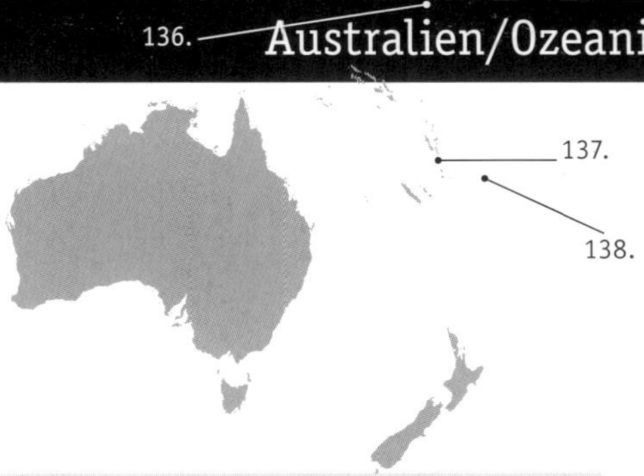


## 136. Espiritu Santo, Vanuatu

# Meré oder Öhö

Sakao

## 137. Fidschi

# Sega

Fidschianisch

## 138. Marshallinseln

# Jaab

Marshallesisch

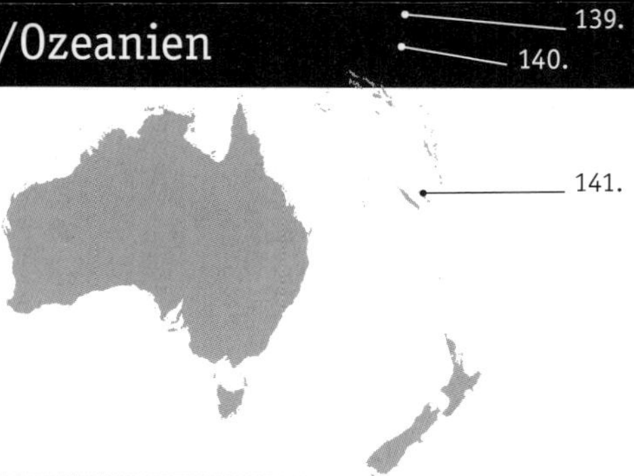


139. Mikronesien

# Yaapw oder Mmm oder Yeehee

Pulawat

140. Nauru (Ozeanien)

# Iòk/Deò ei

Nauruisch

141. Neue Hebriden, Pazifische Inseln

# Ikai

Mae, Emwae

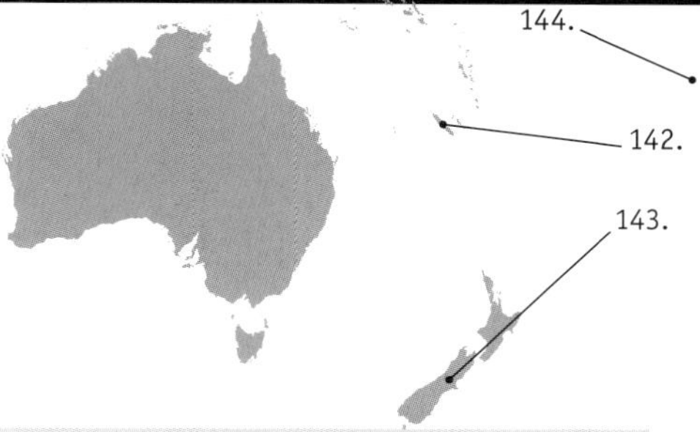


142. Neukaledonien

# Aè

Houailou

143. Neuseeland

# Kao

Maori

144. Polynesien

# Si'ai oder Siei

Polynesisch

## 145. Samoa

# Leai

Samoa

## 146. Salomonen

# Teo

Bugotu

## 147. Südpazifik

# Kare

Rarotonganisch

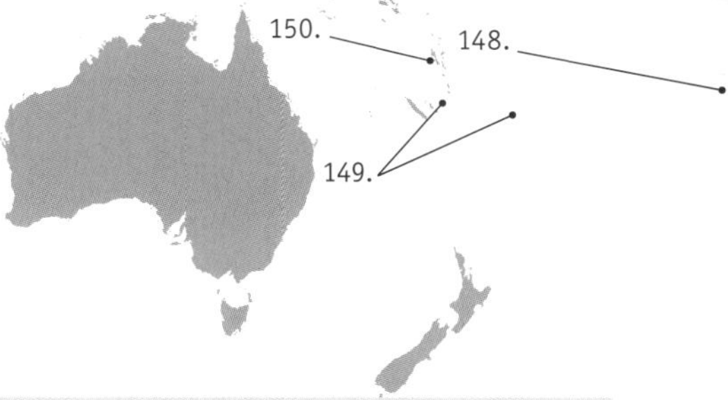


148. Tahiti

# Aita

Tahitisch

149. Tonga, Pazifische Inseln

# 'Ikai

Tonga

150. Vanuatu

# No

Bislama

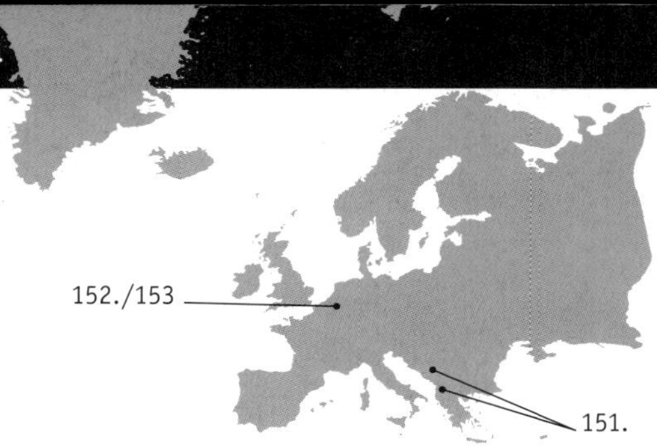


## 151. Albanien

# Jo

Albanisch

## 152. Belgien (Flandern)

# Nee

Niederländisch

## 153. Belgien (Wallonien)

# Nõ*

Französisch

* õ = nasales o

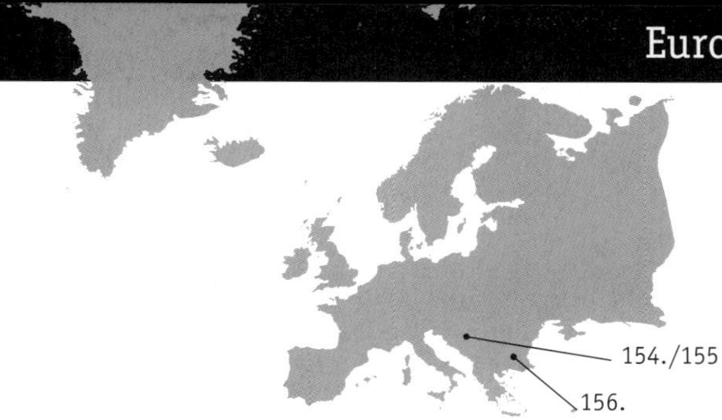


## 154. Bosnien

# Ne

Serbisch

## 155. Bosnien und Herzegowina

# Ne

Bosnisch

## 156. Bulgarien

# Ne

Bulgarisch

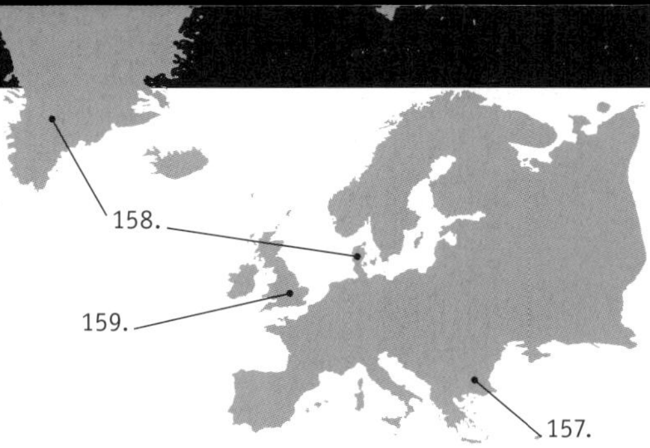


## 157. Bulgarien

# Na

Rumänisch, Sofia Erli

## 158. Dänemark, Grönland

# Nej

Dänisch

## 159. England

# Na

Angelsächsisch

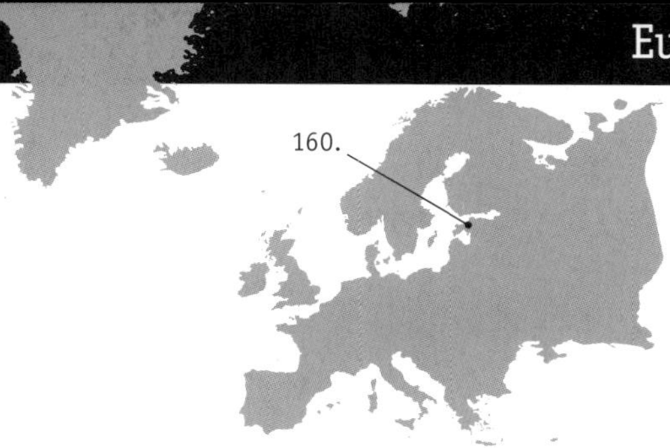


## 160. Estland

# **Ei**

Estisch

## 161. Europa

# **Na**

Roma, Vlax, Gypsy

## 162. Europa

# **Nit** oder **Neyn**

Jiddisch

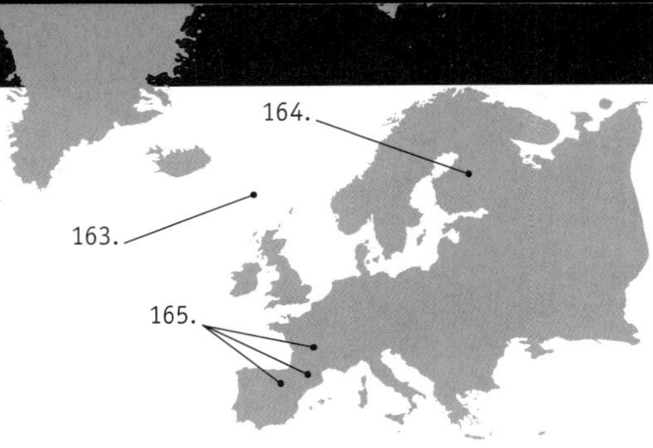


## 163. Färöerinseln

# Nei

Färöisch

## 164. Finnland

# Ei

Finnisch

## 165. Frankreich, Spanien, Andorra

# No

Katalanisch

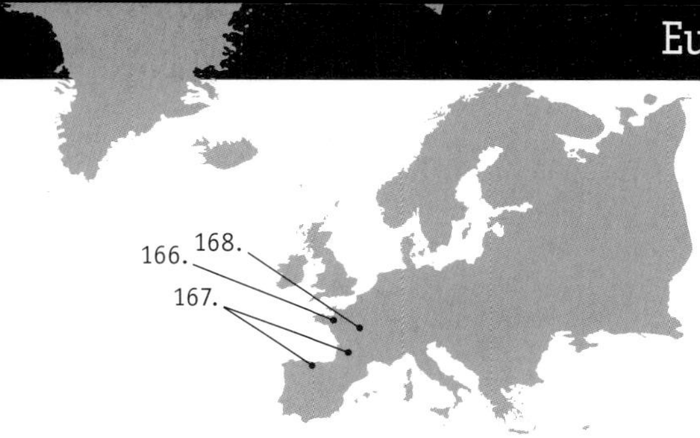


## 166. Frankreich

# Nann oder Ket

Bretonisch

## 167. Frankreich, Spanien

# Ez

Baskisch

## 168. Frankreich

# Nõ*

Französisch

* õ = nasales o

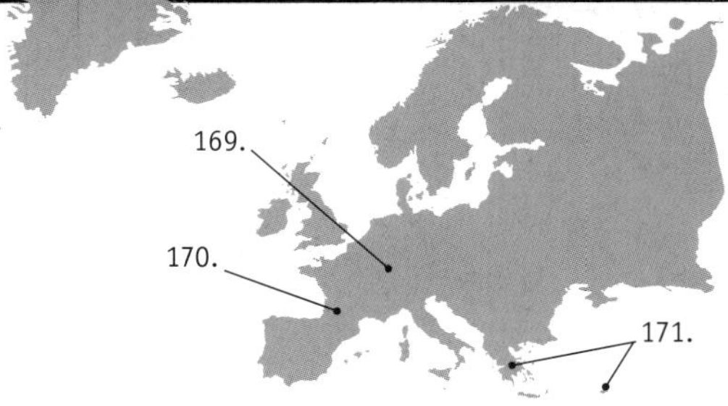


## 169. Frankreich (Elsass)

# Ne

Elsässisch

## 170. Frankreich

# Nani

Gaskonisch

## 171. Griechenland, Zypern

# Ochi

Griechisch

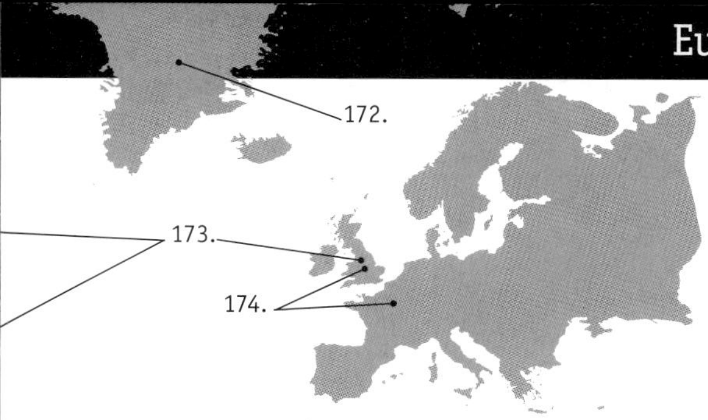


## 172. Grönland

# Naamik

Inuttut, Grönländisch

## 173. Großbritannien, Australien, Nordamerika

# No

Englisch

## 174. Großbritannien, Nordfrankreich

# Nenni oder Nona oder Nani

Gälisch

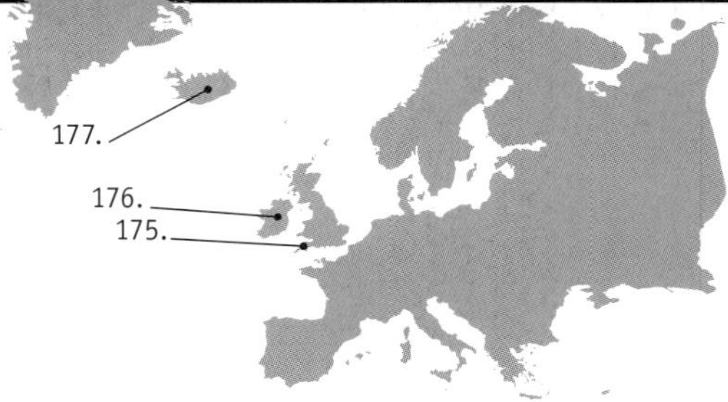


## 175. Großbritannien

# Nag usy

Kornisch, vereinheitlicht

## 176. Irland

# Níl

Gälisch

## 177. Island

# Nei

Isländisch

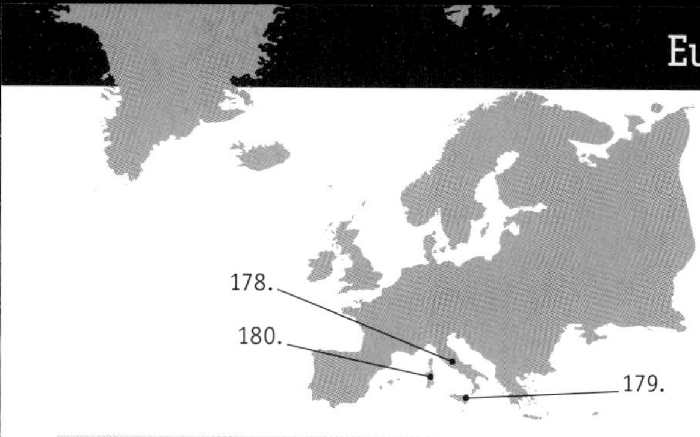


## 178. Italien

# No

Italienisch

## 179. Italien (Sizilien)

# Nuddu

Sizilianisch

## 180. Italien (Sardinien)

# No

Sardisch

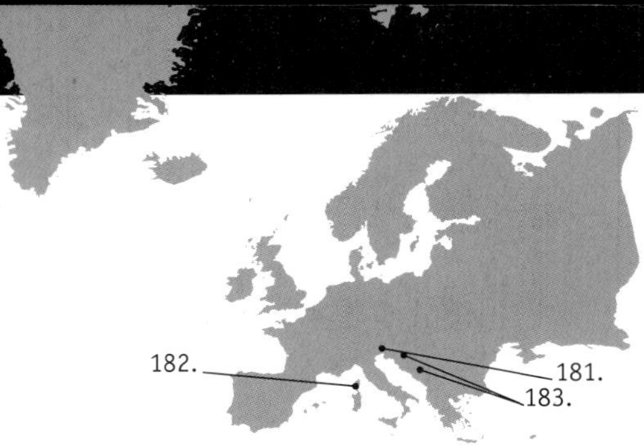


181. Italien (Friaul, Udine, Grenze Slowenien)

# Nò

Friaulisch, Furlanisch

182. Korsika

# Non oder Innò

Korsisch

183. Kroatien, Bosnien

# Ne

Serbokroatisch

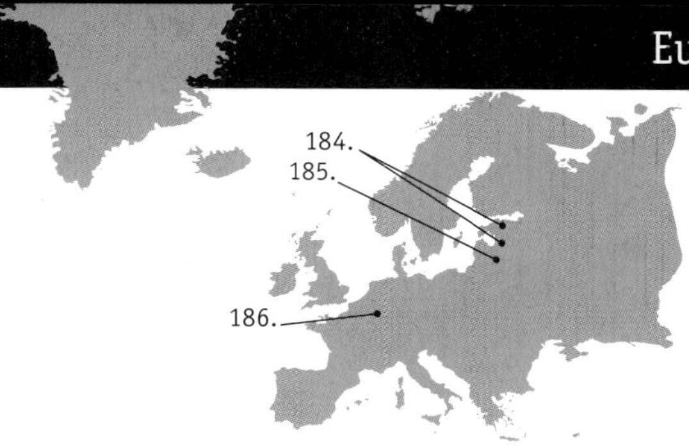


## 184. Lettland, Estland

**Äb** oder **Ät**

Litauisch, Estisch

## 185. Litauen

**Ne**

Litauisch

## 186. Luxemburg

**Neen** oder **Nee**

Luxemburgisch

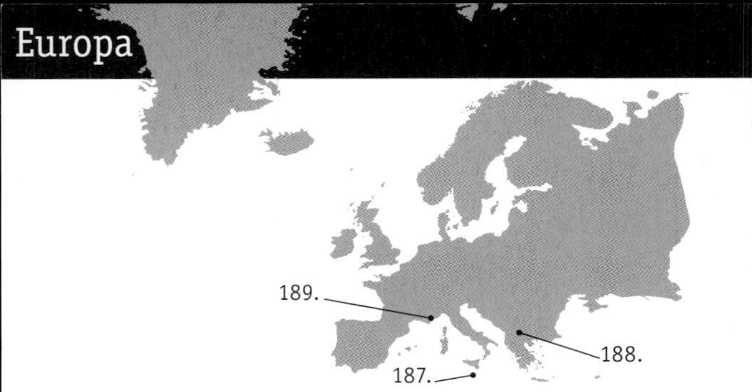


## 187. Malta

**Le**

Maltesisch

## 188. Mazedonien

**Ne**

Mazedonisch

## 189. Monaco

**Nõ***

Monegassisch

* õ = nasales o

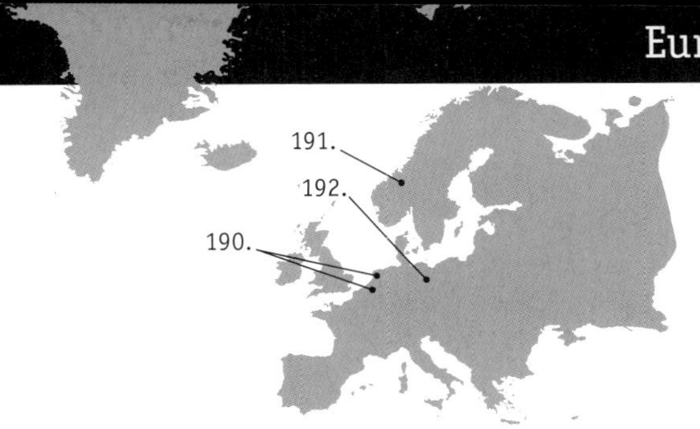


## 190. Niederlande, Belgien (Flandern)

# Nee

Niederländisch

## 191. Norwegen

# Nei

Norwegisch

## 192. Ostdeutschland

# Ne

Sorbisch

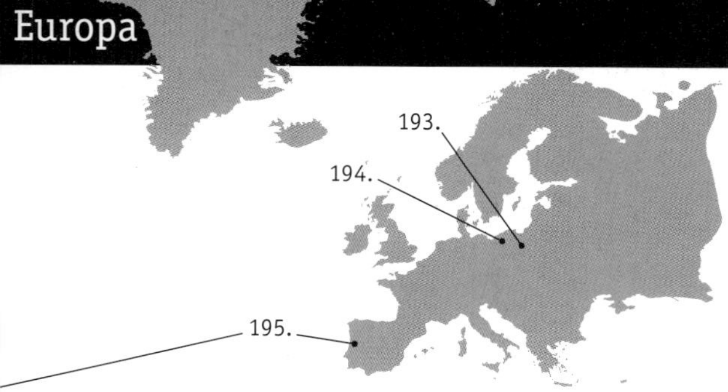


## 193. Polen

# Nie

Polnisch

## 194. Polen (Nordwesten)

# Nie'

Kassubisch

## 195. Portugal, Brasilien

# Não*

Portugiesisch

* ã = nasales a; vergl. õ in französisch „non“

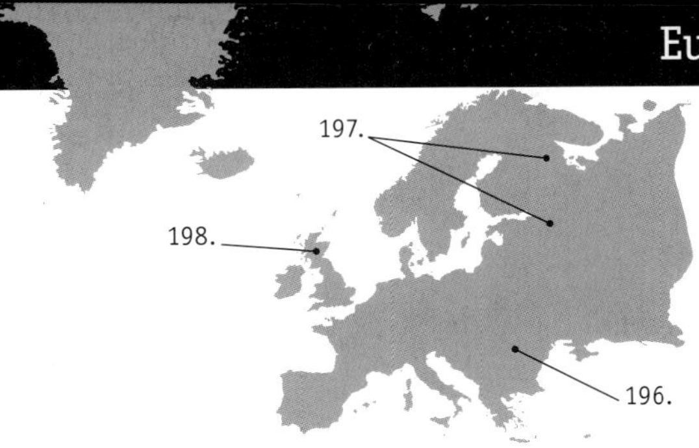


## 196. Rumänien

# Nu

Rumänisch

## 197. Russland

Republik Karelien, Oblast Twer

# Ei

Karelisch

## 198. Schottland

# Na

Schottisch, Ulster

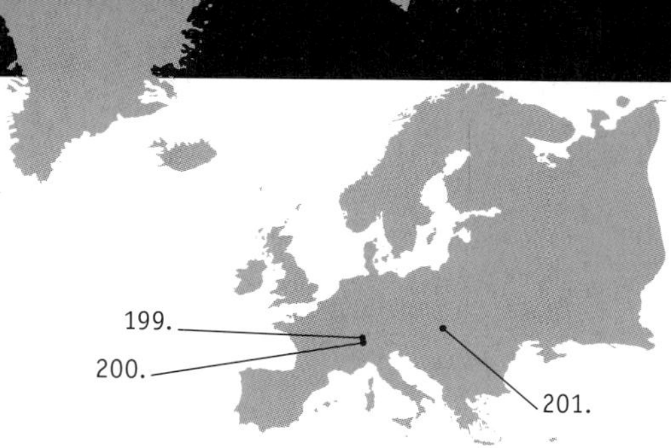


## 199. Schweiz

# Na

Romanisch

## 200. Schweiz

# Nage

Walliser Dialekt

## 201. Slowakei

# Nie

Slowakisch

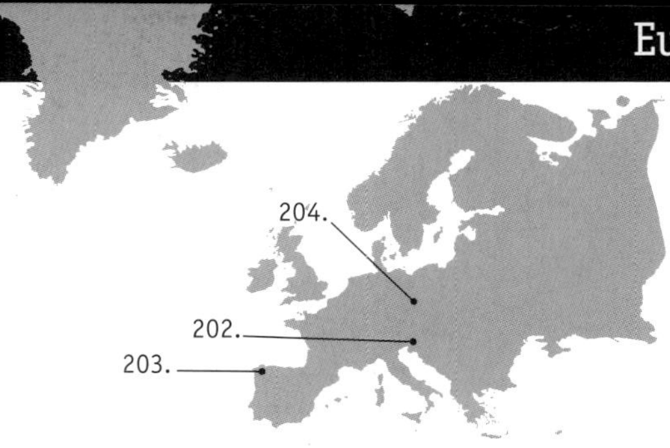


## 202. Slowenien

# Ne

Slowenisch

## 203. Spanien

# Non

Galicisch

## 204. Tschechien

# Ne

Tschechisch

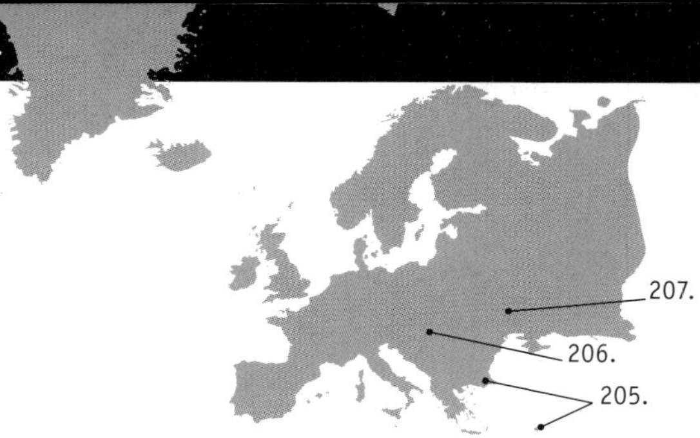


## 205. Türkei

(westlich des Bosporus), Nordzypern*

# Hayir

Türkisch

## 206. Ungarn

# Nem

Ungarisch

## 207. Ukraine

# Ni

Ukrainisch

* findet sich unter Asien als „östlich des …" wieder, da die Türkei sowohl zu Europa als auch zu Asien gehört (Trennlinie ist der Bosporus)

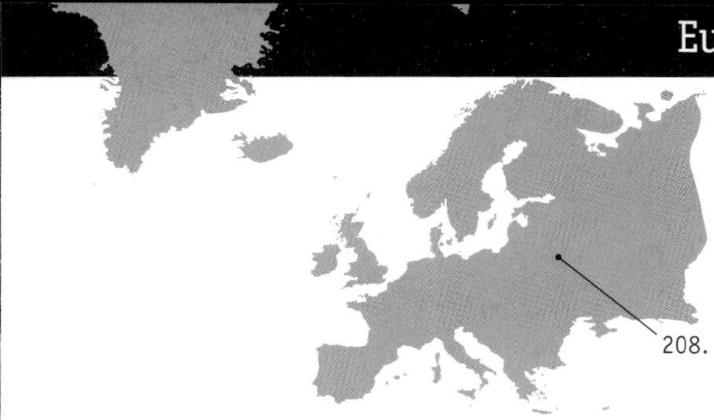


## 208. Weißrussland

# Ne oder Nie

Weißrussisch

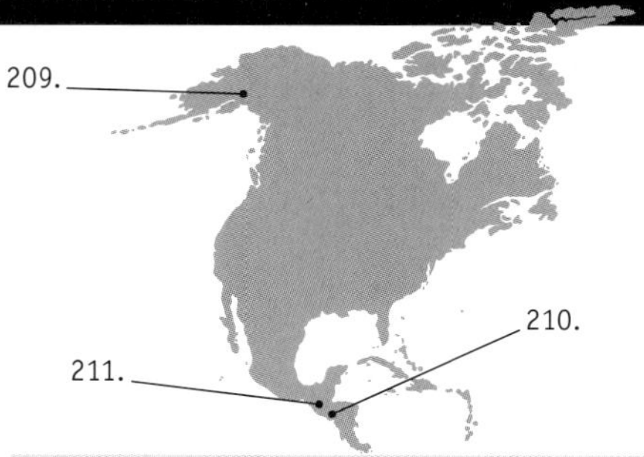


## 209. Alaska

# Naagga oder Naaka

Inuktitut, eskimo-aleutische Sprache

## 210. El Salvador (Grenze zu Honduras)

# Inte oder Tesu oder Tee

Pipil

## 211. Guatemala (Huehuetenango)

# Ci

Aguateco = Maya-Sprache

212. Guatemala (Lago de Atitlán und Sololá)

# Ma...ta oder Maan

Cakchiquel = Maya-Sprache

213. Haiti

# Non

Kreolisch

214. Hawaii

# 'A'ole

Hawaiianisch

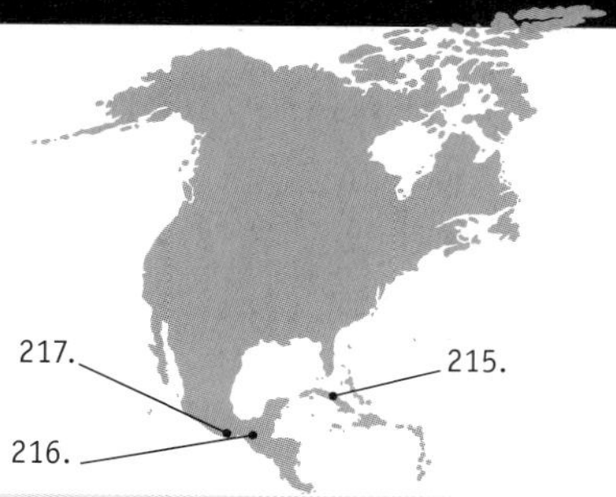


## 215. Kuba

# Nani

Kongo

## 216. Mexiko (Chiapas)

# Miyuc oder Mi

Tojolabal

## 217. Mexiko (Oaxaca)

# Tú' oder Túu

Mixtekisch

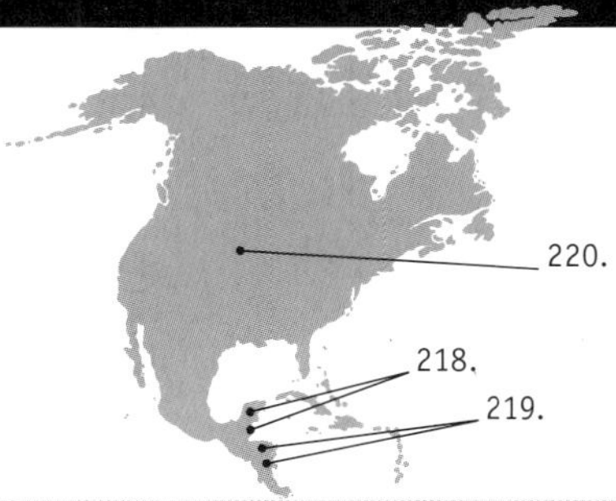


218. Mexiko (Yucatan), Belize

# Maa oder Ma'

Mayathan, Yukatekisches Maya

219. Nicaragua, Honduras

# Apia

Miskito

220. Nordamerika

# Hiya oder Shnee

Lakhota

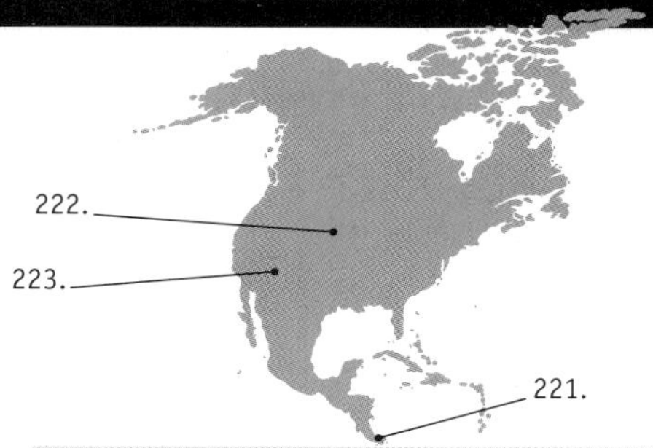


221. Panama

**Suli**

Kuna

222. USA

**Kai** oder **Keka** oder **Ko** oder **Tocusé**

Comanche

223. USA (Arizona)

**Dah**

Apache

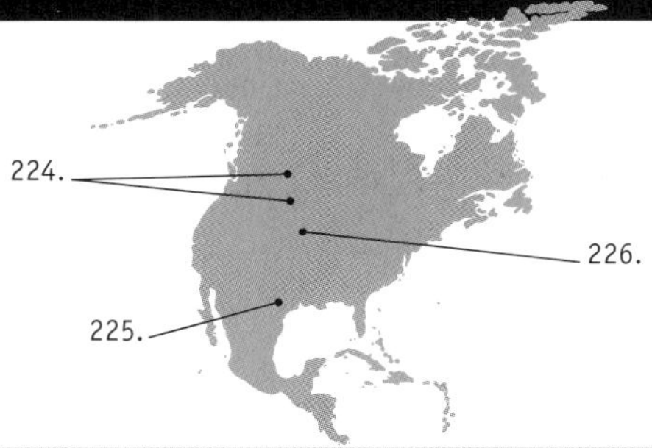


## 224. USA (Montana), Kanada (Alberta)

# Saa

Blackfoot

## 225. USA (Texas)

# Naw

Englisch, Texanisch

## 226. USA

# Dooda oder Ndaga'

Navajo

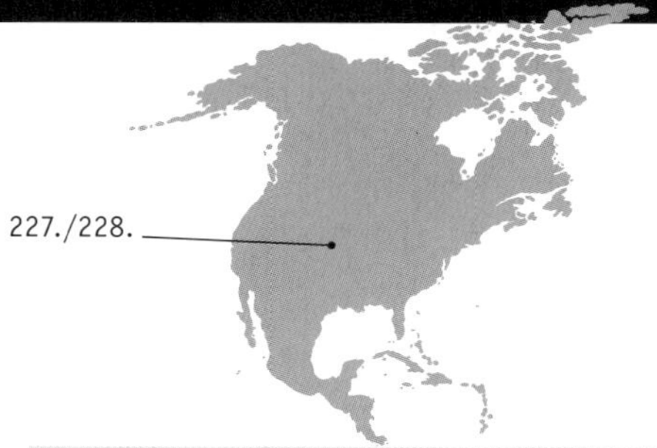


227. USA

# Gaawesa

Ojibwe

228. USA

# Kai

Schoschonisch

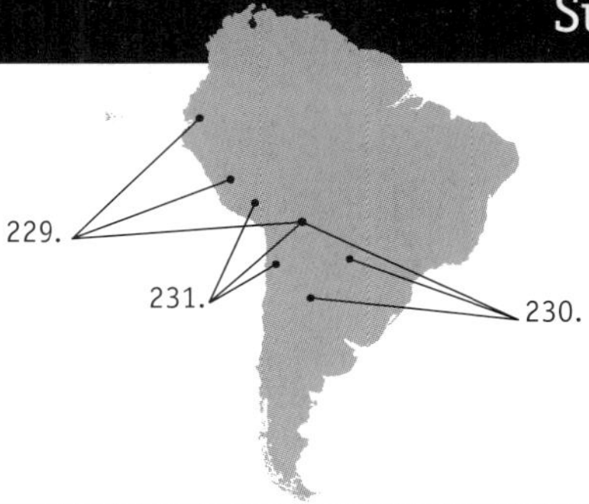


229. Anden

(Südamerika, haupts. Peru, Bolivien, Equador)

# Ama

Quechua

230. Argentinien, Bolivien, Paraguay

# Baety

Tapiete

231. Bolivien, Nordchile, Peru

# Janiwa oder Janiw oder Jani oder Janixay oder Janixä

Aymar

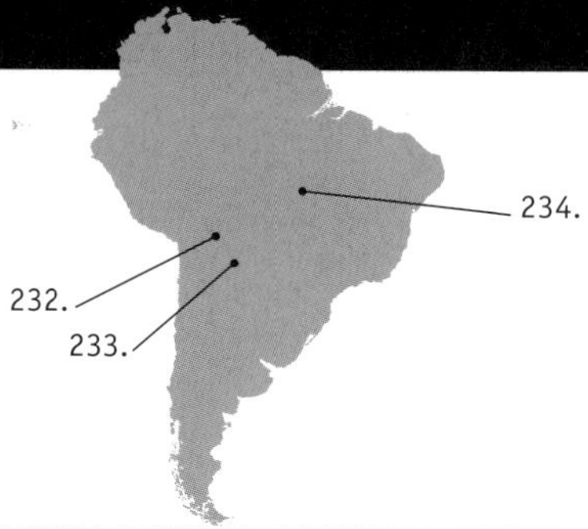


## 232. Bolivien (Cochabamba)

# Mana

Quechua Cochabambino

## 233. Bolivien

(Südosten Boliviens, Grenze zu Argentinien und Paraguay)

# Awigi

Villamontes Tupi-Guarani

## 234. Brasilien

# Não*

Brasilianisch

* ã = nasales a vergl. õ in französisch „non"

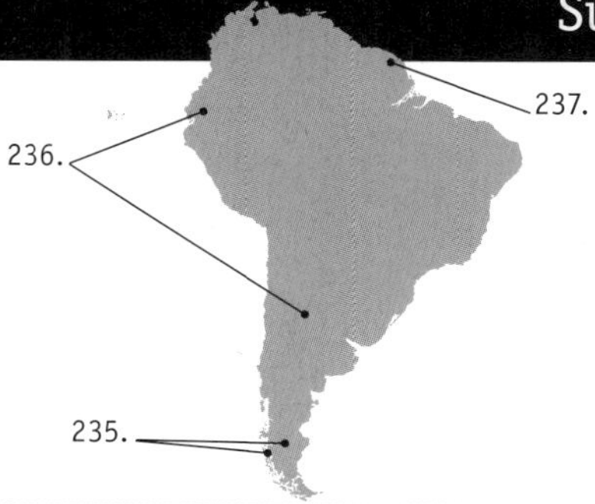


235. Chile (Süden), Argentinien

# Mü

Mapudungun, Mapuche, Araukanisch

236. Ecuador, Argentinien

# Mana

Quechua

237. Französisch-Guyana

# Nono

Taki-Taki

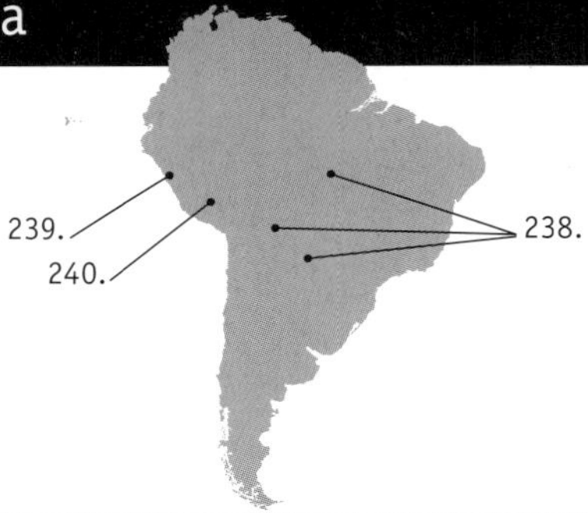


238. Paraguay, Brasilien, Bolivien

# Ahaniri oder Nahániri

Guarani = Amtssprache Paraguays

239. Peru (Ancash)

# Manam

Quechua, Ancashino

240. Peru (Cuzco)

# Manan

Quechua, Cuzqueño

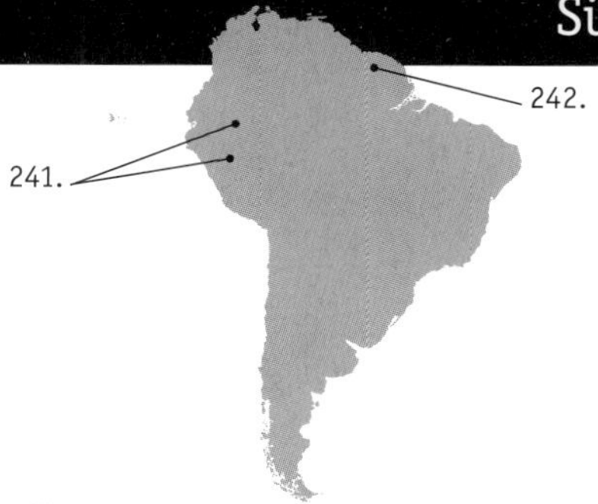


## 241. Peru

(Osten, Departamentos Loreto und Ucayalí)

# Icáma

Shipibo-Conibo

## 242. Surinam

# Na

Sarnamisch

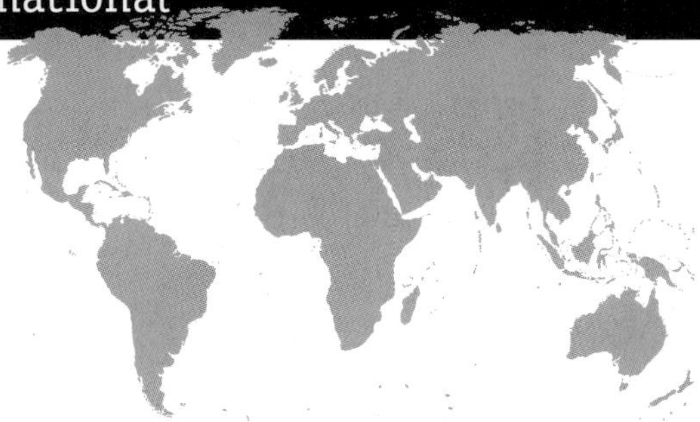

243. international

# Ne

Esperanto

# Spaß – Verstehen · Verstehen – Spaß

Michael Kernbach
**Der Sprachschatz der Liebe**
ISBN 978-3-8303-3160-5

Nina George
**Der Sprachschatz der Männer**
ISBN 978-3-8303-3123-0

Falk van Helsing
**Der Sprachschatz der Juristen**
ISBN 978-3-8303-3147-6

Michael Kernbach
**Der Sprachschatz der Chefs**
ISBN 978-3-8303-3134-7

Falk van Helsing
**Der Sprachschatz der Beamten**
ISBN 978-3-8303-3180-3

Mehr Infos zu unserem Progamm: **www.lappan.de**